손종일

시인, 소설가 중앙 대학교 문예창작
과졸업.
포스트 모던을 통해 시인으로 등단.
장편소설『어린숲』으로 제7회 작가
세계 문학상 수상.
작품으로 시집『내가 죽어서도 섬길
당신은』(전2권) 우화소설『바다를 찾아 떠난
버들치』, 장편소설『봉숭아 꽃물』(전2권)
『어머니와 나비』등 다수의 작품이 있음.

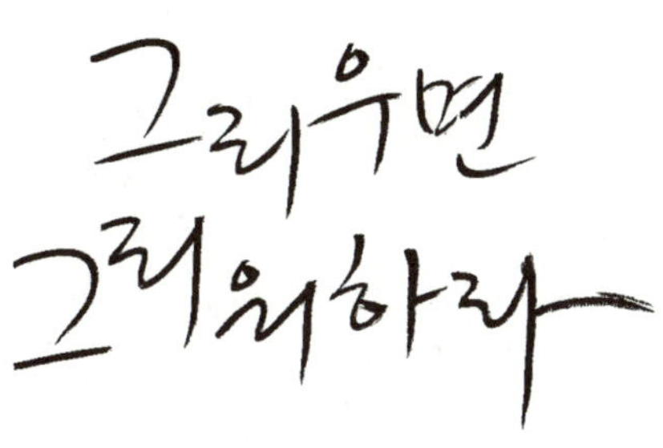
그리우면
그리워하라

그리우면 그리워하라

초판 1쇄 인쇄│2008. 10. 15
초판 1쇄 발행│2008. 10. 20

지은이│손종일
펴낸곳│자유로운 상상
펴낸이│하광석
디자인 · 편집│블룸

등록│2002년 9월 11일(제 13-786호)
주소│서울시 서대문구 충정로 3가 3-95
전화│02-392-1950 팩스│02-363-1950
이메일│hks33@hanmail.net

ISBN 978-89-90805-44-7 03810

손종일 시집

그리우면 그리워하라

자유로운 상상

Contents

Chapter 02  여름

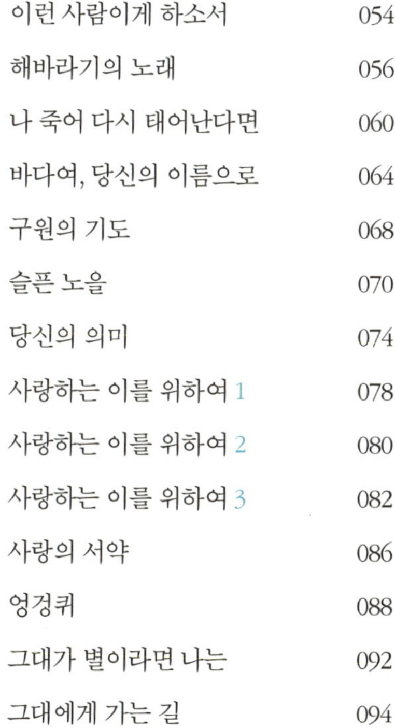

Chapter 03 가을

Chapter 04 겨울

작가의 말

십 년 후에 당신과 나는

바라건대, 십 년 후에 당신과 나는 크진 않아도 햇살이 지천
으로 쏟아져 들어오는 마당이 있는 집에서 같이 살고 있었
으면 좋겠습니다.
집 뒤엔 미루나무를 심어 해가 거듭할수록 키가 커가는 나
무처럼 나, 당신을 향한 사랑을 해마다 그렇게 키우고 싶습
니다.
낮엔 당신의 손을 잡고 큰 마트에도 들러 머그잔을 두 개나
사야지.
당신은 연한 와인색을 좋아하니 그런 빛깔이 도는 걸로 나
는 하양을 좋아하니 무늬 없는 것이 좋을 거야.
돌아와, 햇살 잘 드는 처마 끝 무지개색 파라솔 아래 당신을
앉혀두고
당신이 좋아하는 다방스타일의 커피를 끓여내 와서 마시고
싶습니다.
둘이서 마시게 되는 커피는 참참 달콤할 겁니다.

잠자리에 들 때면, 푹신한 베개에 당신 머리를 뉘이고 당신
의 성긴 머릿결을 손질해 주고 싶습니다.
내 냄새가 당신 머리카락 한 올 한 올마다 배어들어 꿈속에
서도 당신이 내 체취를 느끼도록 만들고 싶습니다.
간간이 당신의 단정한 백만 불짜리 이마에 입도 맞춰 줘가
며 오래오래 당신의 머릿결을 쓸어 넘겨주고도 싶습니다.

기회가 된다면 여행도 가고 싶습니다.
편한 복장에 챙 넓은 모자를 씌워주고 내 옆자리에 당신을 태
우고 씽씽 똥차라도 몰고 어디로든 달려가 보고 싶습니다.
그곳이 어디든, 우리가 첫키스를 나누었던 그 강변도 좋고
우리가 처음으로 같이 떠났던 남도 땅 돌산 앞바다에서 푸
른 새벽을 맞이하는 것도 좋겠지만, 우리가 단 한 번도 가
본 적이 없는 낯선 곳도 좋을 겁니다.
당신과 함께하는 곳이라면 그곳이 어디든 아름답지 않은 곳

이 있을까요.

행여 당신이 아프기라도 하면 내가 약을 챙겨 주고 싶습니다.
감기로 기침이 심하면 살구씨 차를 준비해 줄 거고 마음이
불안하다 자꾸 서성이면 감국차를 끓여 주고 피부가 가렵다
하면 유자 알맹이를 넣은 탕 속에 당신 몸을 담그게 하고 마
음이 아프다 하면 그땐 내가 당신 마음 안으로 들어가 춤을
추겠습니다.
허나, 당신이 아프면 나, 당신보다 몇 곱절 더 아플 테니 절
대 당신이 아픈 일 따윈 없었으면 좋겠습니다.

물론 옛사랑을 잊을 수 없어, 가끔 생각이 나겠지요.
그래서 가끔은 당신이 우울해 질 때면 문득 당신 표정에서
그런 맘을 읽게 된다면 나, 조용히 기다리겠습니다.
차를 끓여내 가서 당신 앞에 놓아주고 조용히 당신 방을 나
와, 하루 이틀, 당신 맘이 편안해질 때까지 그렇게 그렇게
오래오래 기다려 주겠습니다. 대신, 너무 오래 나를 혼자 두
진 말았으면 좋겠습니다.
어떤 상황에서든 당신의 등을 보는 일이 없었으면 좋겠습
니다.

당신 뒤돌아선 등을 보는 일은 참 마음이 가팔라지니 아무리 서로에게 서운한 일이 있어도 늘 마주 보고 살았으면 좋겠습니다.
마주 보는 당신 눈빛은 언제나 맘을 편하게 해 주거든.
한시도 당신이 내 사람이라는 걸 잊지 않게 해 주거든.

매일 같을 순 없듯이 천둥 치고 비 오는 날이 있듯이 쨍하고 해뜰날도 있어서 의견이 맞지 않아 토닥토닥 싸울 때도 있겠지요.
살면서 싸울 일도 없다면 무슨 재미겠습니까만 성난 마음은 오 분을 넘기지 말았으면 좋겠습니다.
성난 마음이 오 분을 넘어서면 정말 서로 미워할 수 있을지도 모를 일이기 때문입니다.
하지만, 토닥거리더라도 서로 맘에 생채기 내는 말은 절대 하지 못해 남들 보기엔 참 수준 낮은 그런 싸움이었으면 좋겠습니다.

선선한 바람이 부는 저녁이면 일찌감치 저녁을 먹고 당신과 산책이라도 나가고 싶습니다.

탁 트인 넓은 들녘에서 해지는 노을을 바라보며 당신의 어깨를 살포시 안아도 보고 싶습니다.

수수한 들꽃 한 무더기 꺾어 당신에게 안겨주며 당신을 사랑하게 해줘서 고맙다고, 늦었지만, 함께 살게 해줘서 고맙다고 내 마음을 바치며 그렇게 세상 고달픈 일 다 잊은 시간을 보내고 싶습니다.

이른 새벽,

먼 동네에서 교회당 새벽 종소리가 울릴 때면 나, 당신이 깨지 않게 조용히 일어나 여명의 창문 앞에 무릎을 꿇고 기도도 해보고 싶습니다.

그 기도 속에는 온통 당신 얘기뿐일 테지만 그냥 이제야 내게 당신을 보내줘서 고맙다고 당신 옛사랑에 대한 기도도 있을 겁니다.

기도가 끝나 싸늘해진 몸으로 당신의 따뜻한 품을 파고들 때면 잠결에라도 그냥 당신은 날 꼬옥 안아만 주면 좋겠습니다.

십 년 후에라도 당신과 같이 살게 된다면, 아침이면 베갯잇에 자잘하게 떨어진 당신의 머리카락을 줍는 일도 나, 무척 행복할 겁니다.

밥 먹다 입가에 묻은 양념을 쓰윽, 닦아 주는 일도 행복 할 거고 양치하다 똥배에 흘린 양칫물 자국을 지워 주는 일도 행복할 것이고, 당신이 먹다 남긴 커피 잔에 당신 입자리만 골라 식은 커피를 마저 마시는 일도 무척 행복할 것이고, 당신이 쓰다 아무렇게나 버린 휴짓조각조차도 참 아까워하며 휴지통에 넣게 되는 일도 행복할 겁니다.

십 년 후, 단 하루라도 당신과 같이 살 수만 있다면….

십 년 후, 단 하루라도 좋으니 당신과 한 지붕 아래서 숨 쉴 수만 있다면….

2008년 가을

손종일 두손 모음

봄

주어도 주어도
다 못 준 것 같아
바람 안 갖고
다 바치고도
넉넉하게
살게 하는 그대.

내 몸
실핏줄 한 가닥까지
세세히 뻗어
꼭꼭 메우고 앉은
괴롬을 삭힐 때마다
지독한 사랑에
곱게 뜨던 눈물
혼자 마셔
취하게 하는 그대.

그리우면 그리워하라

떠난 사람의 시간은
떠날 때 이미 멈추었다.

천년만년이 지나도
그리워하는 일은
남은 사람의 몫.

사랑하지 않았노라
가벼이 말할 수 없다면
그리우면
그리운 대로 그리워하라.

그립다는 것은
아직도 사랑한다는 것.

지금은
잊어내야 할 사람일지라도
마음 건너간 적이 있는 사람이라면
애써 버리려 하지 말고
기꺼이 그리움과 인사를 나누자.

마음 준 적
단 한때라도 있었던 사람이라면
청새치처럼 즐겁게
그리우면 그리워하라.
눈물나도
그리우면 그리워하라.

지독한 사랑

내 안에서
심장 까맣게
다 태우고
간절한 기도가 되는
그대.

그리움의 촉수에 눈부셔
보아도
눈에 없고
들어도 소용없이
그대에게만
온통 기우는 쏠림.

주어도 주어도
다 못 준 것 같아

바람 안 갖고
다 바치고도
넉넉하게
살게 하는 그대.

내 몸
실핏줄 한 가닥까지
세세히 뻗어
꼭꼭 메우고 앉은
괴롬을 삭힐 때마다
지독한 사랑에
곱게 뜨던 눈물
혼자 마셔
취하게 하는 그대.

Memory of Lace

주어도 주어도 다 못 준 것 같아
바람 안 갖고 다 바치고도
넉넉하게
살게 하는 그대.

봄비 

봄비가 오시는 날에는
슬픈 음악을 듣지 마세요.
비 오는 날의 슬픈 음악은
옛사랑을 기억하게 하거든요.

봄비가 오시는 날에는
우산을 쓰지 마세요.
커다란 검정 우산을 혼자 쓰고 가다 보면
자칫 우울이란 친구를 만나게 돼요.

봄비가 오시는 날에는
머리를 감지 마세요.
비 오는 날 머릴 감고 누우면
옛사랑마저 청승스러워 보이거든요.

봄비가 오시는 날에는
절대 울지 마세요.
눈물은 비만큼이나 간절해지고
간절한 만큼 가슴은 젖고 말 거예요.

봄비가 오시는 날에는
장미를 사지 마세요.
장미의 유혹은 비 오는 날에 더 강해지고
어쩌면 애써 지킨 영혼을 도로 뺏길지 몰라요.

봄비가 오시는 날에는
슬픈 사람을 기억하지 마세요.
이미 떠나간 그의 뒷모습이
가슴을 실키고 갈 거예요.

봄비가 오시는 날에는
웅크리고 앉지 마세요.
가슴팍이 아리도록 심장은 타서 없어지고
그 자리엔 고독의 잡초만 자라게 될 거예요.

봄비가 오시는 날에는
전화를 걸지 마세요.
지지리도 슬픈 음성이 수화기 너머에서
불쑥 나타나게 될지도 몰라요.

봄비가 오시는 날에는
혼자 버스를 타지 마세요.
차창에 얼룩지는 빗물만큼
만신창이 된 가슴만 남게 될 거예요.

봄비가 오시는 날에는
빗소리를 듣지 마세요.
행여 빗소리가 그를 닮은 발자국일까
밤새 창문을 열며 새벽을 맞게 될 거예요.

봄비가 오시는 날에는
불을 끄지 마세요.
불만 끄면 세상의 모든 빛이 사라지듯
실팍한 희망마저 잃게 될지도 몰라요.

당신이라는 꽃씨

나의 가슴 밭은
오직 단 한 번의
일모작입니다.

나의 사람이여.
맨드라미 씨앗처럼
수많은 사람 중에
당신 한 분께만 사로잡히길
소원합니다.

당신께서
제 가슴 밭에 넉넉하게
파종할 씨앗은
능소화 꽃빛의 사랑.

햇살 한 줄기
바람 한 줄기에도
고마움을 새롭히며
수액 끌어올려
실팍한 줄기에
수혈하겠습니다.

어디선가
정답게 몰려와
주인처럼 싹 틔운
낮은 잡풀들에게도
미안해하며
먼저 잘 자랄
당신의 영혼.

당신은
단 한 번의 일모작인
제 가슴 밭을 경작하실
꽃씨입니다.

나의 사람이여.
맨드라미 씨앗처럼
수많은 사람 중에
당신 한 분께만 사로잡히길
소원합니다.

사랑하는 이를 위한 밤 기도

오늘 밤에도 그가
사랑으로 속을 넣어 만든
인정의 이불을 덮고 잠들게 하소서.

햇살 한 줄기
바람 한 줄기에도
고마움을 새롭히며
수액 끌어올려
실팍한 줄기에
수혈하겠습니다.

산수유

겨울의 오만이
꽁꽁 빗장 건 문을 열고
당신께 가까이 갈 수만 있다면
노란 얼굴이어도
하나도 상관없어.

당신이 아니면
따라갈 이도 없으면서
칭얼거리기만 하던
나의 투정까지
너끈히 받아 주는 당신.

욕심의 표피를 벗고
나실한 봄빛 유혹에
네, 대답하며

순한 아이처럼 일어나
용서의 보따리를 챙기고 싶어.

어디쯤 두고 왔을까
내가 키우던 욕심은,
어디서 뒹굴고 있을까
내가 키우던 체己의 마음은.

당신을 따라가다 보면
하나도 기억나지 않는
참 눈부시고 찬란한 건망증.

첫사랑 1

웅장한
교향곡 같은 절정으로
혼을 깨우는 목소리.

머리를 땅에 이고
하늘에
발 딛고 산들
그 아련한 어지럼증
견줄 데 없고

아픔을 벗기고
슬픔도 이기고
마지막 남은
고통마저 다스려 내면

남루한 기도로도
극점을 맞는다던
황홀한 첫사랑이여.

첫사랑 2

그리움은
물처럼 넘쳐 나도
마음은 비어 있네.

생각도 못한
떨림으로
그대 와서
타듯이 그리운 날
시작된 후

그대는 멀고
눈물은 가까웠네!

허여 안 된 해후
하늘을 찢고

아픔만 쪼르르
달음질로 와서
옷섶마다
그리움 타는 내음
짙게 풍기네.

Memory of Love

아픔만 쪼르르
달음질로 와서 옷섶마다
그리움 타는 내음
짙게 풍기네.

늘
깊어서
말이 없는 그대.

빛으로 오시더니
하늘로 오시더니
어느새
눈물로 오시는가.

깊어질수록
두렵다 못하고
멀어지면
아이처럼
울며 따르던 병.

내 생애에
그대
가장 완벽한
학대주의자라고
내린 결론도
다 헛되고 말았네.

사랑 줄에 목매
무언으로
그대 내게
죽으라
죽으라고만 하네.

사랑 줄에 목매 무언으로
그대 내게
죽으라
죽으라고만 하네.

그대에게
나 떠 있을 때
마치
얼음의 세계에
홀로 떠 있으나
소용돌이로 오는
아름다운 운명
차마 아까워
오려 내지 못하는 색지.

늘
단조로운 불만에
화내고
더러 갈구하는
독특한 고집.

그대 품은 후
심장의 고동으로
고열 시달리다
말 다 못 주고
병으로 삭여 내는
고요한
파열음의 떨림.

사모

그대 아니고선
이 밧줄
아무도 못 끊네.

타인으로 오는 사람
손도 못 대게 해
묶였어도
참 신이 나는
아름다운 구속.

귀 있어도
마냥 먹먹해지고
눈 있어도
까맣게 눈멀게 되었네.
그대를 사모한 후에.

그대에게
나 떠 있을 때 마치 얼음의
세계에 홀로 떠 있으나
소용돌이로 오는
아름다운 운명 차마 아까워
오려 내지 못하는 색지.

하루를 살더라도

당신이
몇 날을 고민하다
내게 지어 주신 사랑이라는 이름.
하지만, 나는
당신에게 감사할 줄 모르고 살다가
당신이
그를 사랑하였습니까?
그를 용서하였습니까?
물을 즈음에는 숨고 싶었습니다.

말을 아껴
지혜롭게 살아야 함에도
참으로 서툴게 말이 많았던 제가
오늘만큼은
침묵으로 당신 앞에 서 있고 싶습니다.

그를 사랑하였습니다.
그를 용서하였습니다.
자신 있게 말할 수 있게 도와주십시오.

하루를 살고 돌아와
겸허하게 당신 앞에 엎드려
제가 올리는 저녁 기도에서
치자꽃향기가 나도록
오늘 하루도
그렇게 나를 당신 안에 살게 하시어
그를 사랑함에
목숨이 다할 수 있게 하여 주십시오.

당신이…
내게 지어 주신 사랑이라는 이름이

숨 끊어지는 날까지
흐물해지지 않게 하시어
오늘 하루를 살더라도
그에게
사랑합니다, 말할 수 있게 하여 주십시오.

그를 사랑하였습니다.
그를 용서하였습니다.
자신 있게 말할 수 있게
도와주십시오.

Chapter 02

여름

바다여,
당신에게 안기어
살아가는 기쁨에
날마다 맛들이게
하여 주소서.

저 건너
무인의 바위섬 하나
혼자 살아도
돌아오고 싶지 않은

바다여,
당신에게 안기어 사는
지혜로움을
제게도 가르쳐 주십시오.

행여,
그를 핑계대며
그를 불신하며
그를 혐오하게 될 때는
언제나 나를
맑은 거울 앞에 서게 하셔서
제 어긋남이
확연히 보일 수 있도록 하시어
다시는 그가 저로 인해
마음 아파하는 일이 없는
그런 사람으로 살게 하여 주십시오.

그를 사랑하며
그를 이해하며
그를 용서하며 살 때는

언제나 탁한 거울 앞에 서게 하시어
단 한 번도 제가
그에게 아름다웠다는 것을
모르고 눈먼 채 살게 하시어
그에게 아름다운 사람으로 남기 위해
끝없이 노력만 하며 사는
그런 사람으로 살게 하소서.

해바라기의 노래

전생에
그대와 나는
해바라기 씨앗이었습니다.

오래되지 않았지만
우리는
그렇듯 촘촘한 씨앗들 틈에서
제일 가까이 붙어 있던
존재였습니다.

최소한 우리 틈바구니를 비집던
수많은 다른 씨앗들이
그대는 담 너머 저편으로
나는 반대편으로
따로이 튕겨내기 전까지는.

하지만, 우리는
따로이 떨어져서도
다시 만날 것을 믿습니다.

봄빛이
사태로 굴러오는 날이면
서로 담 하나를 사이에 두고
보고 싶어하는 마음에
키를 잔뜩 키우다
마침내
노란 얼굴로 만날 것을 믿습니다.

그리하여
해를 쫓다 스러진 밤에도
야한 눈돌림 하지 않고

서로만을 기쁘게 바라보며
아침을 기다릴 우리는
전생에 해바라기 씨앗이었습니다.

오래되지 않았지만
우리는
그렇듯 촘촘한 씨앗들 틈에서
제일 가까이 붙어 있던
존재였습니다.

나, 죽어 다시 태어나야 한다면
물방울로 환생할까 합니다.

나 죽어 다시 태어나더라도
그대로 인해
수없이 찢기어져 펄럭이고
갈갈이 부서져 흩어지고
세세히 흩뿌려져 아파할 것이 분명하지만
하나도 비겁하지 않게
고스란히 받아들이겠습니다.

그 후엔,
바다로 갈까 합니다.

가서는,

그대에게 조각나고
그대에게 찢기어지고
그대에게 슬펐던 심장을
고이 쉬게 해 주고 싶습니다.

그대에게 조각나고
그대에게 찢기어지고
그대에게 슬펐던 심장을
고이 쉬게 해 주고 싶습니다.

바다여, 당신의 이름으로

크게 부르지 않아도
언제나
두 팔 벌리고
안아 주는

바다여, 당신의 이름으로
사랑을 키우는 자
되게 하십시오.

여명에 높이 날아올라
선명한 눈 씻고
먹이를 찾는

바다여, 당신에게 안기어
살아가는 기쁨에

날마다 맛들이게 하여 주소서.

저 건너
무인의 바위섬 하나
혼자 살아도
돌아오고 싶지 않은

바다여, 당신에게 안기어 사는
지혜로움을
제게도 가르쳐 주십시오.

밤새워
뜨거운 해 품었다가
아침이면
고스란히 되돌려 주는

바다여, 당신의 참을성과
이기적이지 않은 마음을
닮게 하여 주십시오.

바다여,
당신에게 안기어 사는
지혜로움을
제게도 가르쳐 주십시오.

구원의 기도

간밤에도
어느 죽은 영혼이
제 창가에 머물다 갔는지
다 기억할 수 있는
맑은 영혼을 제게 주소서.

당신이 제게 주신
넉넉한 사랑의 힘을
오늘 하루만큼은
남들에게 실컷 과시하게 하시어
그 사랑으로 인해
기뻐할 수 있는 사람이
하나, 혹은 둘쯤은
있게 하여 주십시오.

그리하여 오늘 하루도
제가 그들을 위해 도구로 쓰여짐에
감사하게 됨을
당신의 공으로 돌리게 하여 주십시오.

슬픈 노을

노을이 아파라.
내 먼저
둥둥 팔 걷고
착실하게 다져 온
영역으로
그대 들어오지 않는 날
노을도 아파라.

핏빛으로 타던
뜨거움의 언어.

한 알 한 알
가슴 안으로
밀어 넣으심에
고귀한 말씀

의심 없이 다 품었더니

노을이 아파라.
내 먼저 팔 걷고
금 그어 표시해 둔
내 가슴 안의
영역으로
그대 들어오지 않는 날
노을도 아파라.

봄비가 오시는 날에는
혼자 버스를 타지 마세요.
차창에 얼룩지는 빗물만큼
만신창이 된 가슴만 남게 될 거예요.

당신의 의미 

당신을 끌어다 앉힐 수 있는 거리까지 끌고 와

작은 틈새도 주지 않고 촘촘히 곁에 앉고 싶습니다.

아플 수 있을 만큼 다 아프고 난 습기 찬 가슴으로 말고

눈망울에 물기 어리기 전의 사소로운 아픔 정도일 때

이미 당신이 제 곁에 꿈쩍 않는 돌처럼

턱하니 버텨 주셨음 싶었습니다.

위태위태하게 웃어넘기긴 했으나

돌아서고 나면 기억나지 않는 그런 사람 말고

내 웃음이 조금은 팽팽하지 않고 탄력을 잃고 있어도

꽃이지는 밤하늘 아래 나란히 어깨가 시렸음 싶었습니다.

섬유린스제 한 방울 없이 거칠게 헹궈진

이미 부드러움을 잃어 성기기까지 한 마음조각으로라도

제 몸에서 작은 단내라도 남아 있다면 징검징검 건너가

당신의 모자이크에 하나쯤의 제 목숨 조각을

각이 틀리지 않게 꼼꼼히 끼워 넣고 싶었습니다.

겨우 만난 소중하고 고마운 햇살처럼
당신의 가슴 한켠에 문보다 더 큰 고리를 내걸고
그 안에서 오래오래 까딱거리며 당신과
세상을 목숨 내걸고 살고 싶었습니다.

그 안에서
오래오래 까딱거리며 당신과
세상을 목숨 내걸고
살고 싶었습니다.

자신보다,
남을 먼저 생각할 줄 아는
그의 섬세한 영혼이
열려진 공간으로
배를 띄우는 아침입니다.

이기의 뱃살이 풍부한 사람도
그의 배에 타게 하시고
생전 사랑하는 법 모르는 사람도
선뜻 올라타게 하시어
그들이
하나같이 용서의 갑옷을 두르고
허영의 파도
욕심의 파도
오만의 파도

경솔의 파도와 대적하여
가뿐하게 이겨낼 힘의 원천이 되어 줄 수 있는
젊고 날쌘 슬기를 그에게 주소서.

사랑하는 이를 위하여 2

나를 위해 희생하다가
내가 알아주지 않는 서운함에
일을 망치지 않는
선량한 힘을 그에게 주셨음에
제가 더 감사의 두 손을 모읍니다.

제게 눈을 주셨으나
눈물까지 주신 줄 몰랐다가
겨우 이제야 안 것처럼
작은 일에도 저 또한
감사할 줄 아는 넉넉함에 맞들어 있으니
이런 넉넉함들이 이제는
고스란히 그에게로 갈 수 있게
커다란 길 하나 터 주십시오.

이런 넉넉함들이
이제는 고스란히
그에게로 갈 수 있게
커다란 길 하나 터 주십시오.

지금 제게로
걸어오시는 그의 길 앞에
먼저 빛을 나누어 주십시오.

그리하여 그가
제 집으로 오는 밤길,
비뚤비뚤해지지 않는 걸음으로
무사히 도착하게 하시어
그를 위해 준비한
사랑의 부침개와,
이해의 떡과,
용서의 식혜를 배불리 들게 하시어
심한 포만감에 빠지게 하여 주소서.

그가 돌아갈 때에는

겸허의 튀김과
감사의 수정과와
은혜의 과일을 싸가지고 가게 하시어
미처 제 집에 오지 못한
그가 아는 다른 이웃에게도
빠짐없이 나누게 하시어
그의 이웃들도
그를 사랑하게 하여 주소서.

그리하여 그들의 이웃들이
경솔한 말과,
속된 언어와,
비방의 말들을 함부로 하면서
자신들 안의 선행의 집
덕망의 집

겸허의 집을

함부로 무너뜨리지 않게 하시고

그의 섬세한 인정과

그의 사랑과

그의 기쁨을 닮게 하시어

그의 곁에서

그를 해하지 않고

그를 위해 살게하여 주십시오.

지금 제게로
걸어오시는 그의 길 앞에
먼저 빛을 나누어 주십시오.

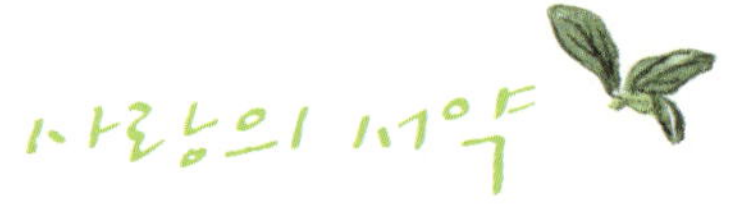

사랑의 서약

내가 지금 목놓아 우는 건
비단
못 이루고 돌아온
어제의 해후 때문이 아니다.

다시는 안 가리라
입술 깨물며
열 번 스무 번 맹세하던
사랑의 서약.

그 둘레
울타리로 키운
마음의 가시나무.

우수수 벌초하며

쳐들어오는
그대의 환상 때문에
하루도 못 가 깨어진
맹세 때문이다.

내가 지금 목놓아 우는 건
비단
못 이룬 어제의 해후 탓이 아니라
다시 써야 하는
그대와의 사랑의 서약이
온통
용서와 이해와 인내로
일관되어지는 까닭이다.

엉겅퀴 

부르지 않으셔도
이제는
제 먼저 달려가
겸손으로
손을 모으고 싶습니다.

처음부터 나는
불신의 욕망으로
흰 옷 더럽히며
세상을 거부한 죄로
가시 돋친 채 피어야 했던
미움쟁이 꽃.

그 누구를 위해
내비칠 마음 하나

품고 있지 못하다가
커다란 님의 손이
사랑하라
등을 치신 후에야 눈이 씻긴
늦깎이 햇살받이.

칭얼거리지 않았어도
도도록이 비밀처럼 숨겨 두신
사랑과 용서와 지혜와
수많은 베풂의 언어들.

기쁜 세상을 선물로 준
나의 님에게
연보랏빛 꽃술로
돌려드리겠습니다.

Memory of Love

기쁜 세상을 선물로 준
나의 님에게
연보랏빛 꽃술로
돌려드리겠습니다.

그대가 별이라면 나는

그대가 별이라면
나는
그대 등 뒤에 몰래 숨어
그대 빛날 수 있게
먹물 빛 어둠이 되고 싶어.

짙은 어둠일수록
유순히
길들여질 사랑.

그대 외로워지면
큰 소리로 울어도
들키지 않게
요란한 천둥
번뜩이는 번개이고 싶어.

시끄러울수록
더 짙은 초록으로
타들어갈 사랑.

그대 못내 눈물 흘리면
그때는
온 하늘 내 먼저 적서
그대 아픔 대신해
번져 내리는 착한 비이고 싶어.

많이 부을수록
더 잘 자라
차마 벌초도 못할 사랑.

그대에게 가는 길

그 길이
가시덤불뿐이라 하여도
피 흘리면서라도
하늘이 잘 보이는
그대 집까지
한달음에 가고 싶어.

찔리고
갈라지고
수 없이 짓눌려도
기쁨이
고통보다 웃자라
상처마저 낫게 할
내 생애의 특효약은
그대 속.

그 길이
끊어지고
어둠 속에 놓였다 해도
영혼의 촉수 세워
한달음에 가고 싶어.

보고파
눈물 나는 일
그리워
눈물 나는 일
모두 인내로 게워 내고
그대에게 가서 풀어놓을
내 가슴 안의 언어는
오직 사랑.

그대 못내 눈물 흘리면
그때는
온 하늘 내 먼저 적셔
그대 아픔 대신해
번져 내리는 착한 비이고 싶어.

가을

가을에는
단 하루라도
울지 않게 하여 주십시오.
이미 떠나간
그의 뒷모습에
목이 메어
저 혼자 스르르
옷소매로
물어나던 눈물도
맵싸하게 번져 오르는
가을 들판 연기 때문이거나
바람에 묻어 온
갈대 보풀 때문이었다고만
말할 수 있게 하시고
다시는 울지 않게 하여 주십시오.

가을의 기도

가을에는
단 하루라도
울지 않게 하여 주십시오.
이미 떠나간
그의 뒷모습에 목이 메어
저 혼자 스르르
옷소매로 묻어나던 눈물도
맵싸하게 번져 오르는
가을 들판 연기 때문이거나
바람에 묻어 온
갈대 보풀 때문이었다고만
말할 수 있게 하시고
다시는 울지 않게 하여 주십시오.

가을에는

하루에 한 번쯤은
하늘을 보게 하여 주십시오.
지난여름,
타박타박하던 하늘로
거칠게 눈물 날려보내던
습성 때문에
이미 다 젖어
꿉꿉한 물색 하늘일지라도
그가 사는 어느 하늘 모서리
제 눈빛이 깨어져도 좋으니
바라만 보게 하여 주십시오.

가을에는
지지리도 슬픈 노래는
부르지 않게 하여 주십시오.

목소리만 내면
슬픔이 아닌 것 한 자락 없이
빈틈없이 촘촘하던
어머니의 젖은 세월 같던 노랫가락 대신
지난봄,
하늘빛 청청하던 세월로 빚은
진달래 꽃술 한 잔에 취해
그를 안고
기쁘게 노래 부르게만 하여 주십시오.

가을에는
단풍이 지천으로
물들게 하여 주십시오.
제 가슴에 남아 있는
단풍보다 붉은 열정이
나실나실한 가을 햇살을
온몸에 두르고
단풍 사태, 사태를 이루어
그의 비탈로 구르게 하시어

잎이 다 진
내년 일월이나 이월에도
능히 그에게
단풍으로 남게 하여 주십시오.

가을에는
사랑하는 그의 곁에
스스로 다가가게 하여 주십시오.
지독히도 절망적인 분위기 때문에
차마
다가설 수 없었다는 변명 따윈
남의 혀를 빌어 말했던 거라며
저녁 새 위태스런 벼랑 위를 날아 내리듯
하루에도 수백 수천 번
그에게로 후득후득 날고 싶던
열망의 날개를 꺾지 말고
저 혼자 잘도 날아
마침내 그에게 닿도록 하여 주십시오.

가을에는
혼자서도 너끈히
거리를 걷게 하여 주십시오.
가을비 지나간
어수선한 거리도 상관없고,
해질 무렵
순한 가슴 가진 사람들의
그림자 하나 없는
텅 빈 거리라도 좋으니
가슴에 쳐 둔 사랑의 울타리 안,
그를 닮은 호들갑스러운 꽃 몇 송이
지칠 줄도 모르고 화르르 피어 있어
혼자여도 혼자인 줄 모르게 온 것 같이
거리를 잘 걷도록 하여 주십시오.

가을에는
꽃을 피우게 하여 주십시오.
눈물겹도록 사랑한다던
그의 맹세마저

덧없음으로 결론지어 졌을 때,
차라리
미세한 가루가 되기까지
돌부리로 가슴을 찧어
어느 칠흑같은 어둠의 땅속
숨은 듯 섞여 들어가
꽃 장미 씨앗에 혼을 섞고
마침내 한 잎 한 잎 붉은 꽃 피워 올려
단 한 번이라도
지나치는 그의 발목을 잡을 수 있는
가을꽃으로 피게 하여 주십시오.

가을에는
편지를 쓰게 하여 주십시오.
섬세한 기타 음이 흘러나오는
우체통이 잘 보이는 찻집
제일 구석 자리에 앉아
두고두고 운명이 되고 싶다던
가엾은 사랑 한 소절은 쓰지 말고,

탁자 위가 빼곡하도록
그리운 이름자만 거푸 써 내려가던
텅 빈 허허로움도 말고,
대설이 펑펑 내리기 전에
그가 사는 마을 어귀까지 가겠노라는
향기나는 편지를 쓰게 하여 주십시오.

가을에는
절망을 끝내게 하여 주십시오.
사랑하는 그의 눈엔 제가 없어서
실신 직전까지 몰고 갔던
푸릇푸릇 멍든 외사랑의 절망조차
아름다웠기에 덜 힘겨울 수 있었고,
감히 사랑이라는 오류를 범한 죄로
제 목을 스스로 분질러야 했음에도
허나
사랑했으므로 행복했었다고
스스로 말할 수 있게 하여 주십시오.

가을에는
바다로 떠나게 하여 주십시오.
지난여름
사랑받지 못한 괴롬에
채곡채곡 쌓아 올리던 모래 무덤
저 건너 암바위를 달고선
작은 섬 하나마다에
주렁주렁 달리던 눈물 자락은 지우고
낙엽 태우는 그윽한 향기에 취해
바다로 왔다던
그를 다시 만나게 하여 주십시오.

Memory of Love

낙엽 태우는
그윽한 향기에 취해
바다로 왔다던
그를 다시 만나게 하여 주십시오.

편지

겨울이 오기 전에
만나러 오시겠다던 당신에게
가을이 가기 전에
당신을 만나러 가겠다고
총총 편지를 씁니다.

온통 드러내 놓고
하얀 손목만으로 버티는 겨울나무처럼
겨울엔 제 사랑을 보여 드릴게 없어
타는 단풍의 심장을 보여 드리고파
가을이 가기 전에
당신을 만나러 가겠다고
총총 편지를 씁니다.

겨울이 오기 전에

만나러 오시겠다던 당신에게
가을이 가기 전에
먼저 가마고 편지까지 마쳐 놓고 보니
당신은 한 뼘 거리만큼
벌써 좁게 가까웁습니다.

가을 숲을 지나다 보면

나무들이 일어서 다투어 해를 먹고

겨울을 잉태한 것이 못내 부끄러

얼굴 붉어지는

가을 숲을 지나다 보면

나도 부끄러워집니다.

내가 잉태한 과거에

그렇듯 얼굴 붉혀야 할 습성들은

숲으로 와서 올올이 풀려 나와

가을 숲은 붉어도

저 혼자만 멍이 되어 시퍼렇게 나무로 일어서고

더 사랑하지 못한 이웃에게

이유 없이 등 돌리던 습성들도

숲으로 와서 깨우침이 되어

가을 나무는 키가 커도
저 혼자만 나무들 사이로 낮게 엎드리는
이끼 같은 작은 후회도 보여 집니다.

남을 배려하지 못한 이기와
남을 용서하지 못한 시기에만
늘 당당하게 앞으로 나서던 걸음이
가을 숲에 서면
훌훌 옷을 벗을 채비를 하는
나무들처럼 나도 알몸이 되고

탈만큼 타서
익을 만큼 익어서 마침을 준비하는
가을날 가을 숲을 지나다 보면
이미 작아져 있는 내가 보입니다.

나무들이 일어서
다투어 해를 먹고
겨울을 잉태한 것이
못내 부끄러 얼굴 붉어지는
가을 숲을 지나다 보면
나도 부끄러워집니다.

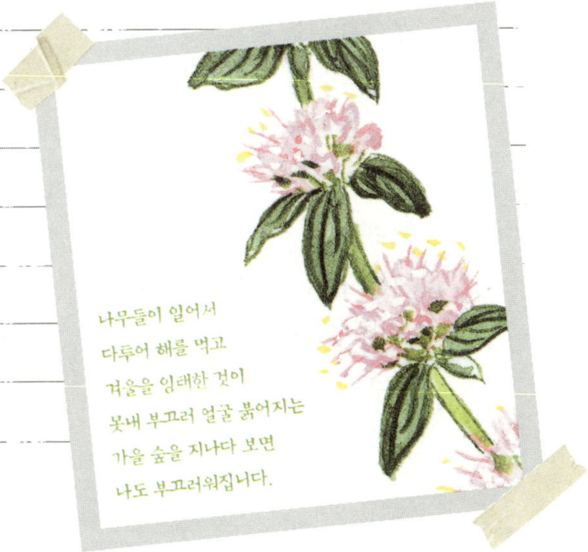

오늘 하루도 연장을 들고
제 가슴의 밭으로
나갈 시간입니다.

용기의 낫으로
이기의 잡풀을 제거하고
거만의 곡괭이로
용서의 샘을 파고
희생의 거름으로
사랑을 키우게 하소서.

그리하여
사랑이라는 거름이 키워 낸
제 가슴 밭의 열매를
바구니 가득 따 와서

사랑하는 그에게
되돌려 주게 하여 주십시오.

제게도
시월 빛 하늘처럼 투명한
찻잔을 준비하게 하고
돌아갈 곳이 없는 사람까지
빠짐없이 초대하여
향기나는 차를
그들과 기쁘게 나눌 수 있게
항상 힘을 주소서.

가을 나무

가을에는
나무가 되고 싶습니다.
열려진
그대의 마음속
꽉 차게 뿌리 내려
그대와 같이
낙엽을 날려 가며
그대가 부르는
가을의 아리아를 들으며
조용히 쉬고 싶습니다.

가을에는
나무가 되고 싶습니다.
타는
단풍의 불씨로

제 잎을 태워

고스란히

그대의 심장으로

옮겨가

그대의 추워 있을

심장을 덥히고

그 안에서

뜨겁게 사랑하고 싶습니다.

가을에는

나무가 되고 싶습니다.

고마운

가을 햇살 다 먹고

청청한 가을 하늘

빠짐없이 닮아

색칠되지 않은
순수한 당신의 영혼에
불치의 가을 병을
전염시키고 싶습니다.

나는 오직 그대에게
한 그루
가을 나무였으면 좋겠습니다.

제게도

시월 빛 하늘처럼 투명한

찻잔을 준비하게 하고

돌아갈 곳이 없는 사람까지

빠짐없이 초대하여

향기나는 차를

그들과 기쁘게 나눌 수 있게

항상 힘을 주소서.

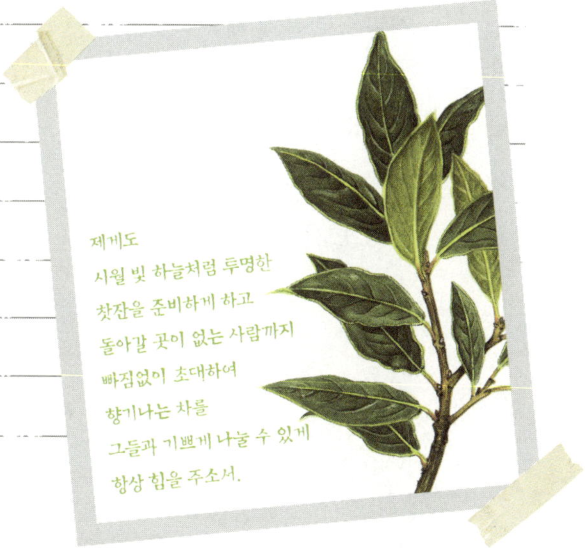

가을

시간이
갈라놓은
계절의 변덕.

지난여름 태양의
빈말
사소한 투정도
사랑으로 품게 해

언제나
빈손으로 와도
가장 큰
선물이네.

타인처럼 왔어도

헤어질 땐

참 눈물 나는 가을.

큰만병초

나를 잊어 주서요.
가을이 다했으니
나를 잊어 주서요, 제발.

지난밤 찬 서리가 너무 달콤해
벌써 취했나 보아요.
자꾸만 하늘이 어지러워 눕고만 싶어요.

나를 기억해 주서요.
그래서 이름을 가졌으니
내년에도 어김없이 제 이름을
올해처럼 그리 불러 주서요.

세월의 실타래 풀 듯
찬찬히 추억을 풀 때마다

그 속에 제 이름자 묻어난다면
전 참으로 행복한 꽃이에요.

고마운 가을빛 다 먹었더니
아득한 포만감에 졸음이 오네요.

그대의 가슴에 얼굴을 묻고
억만년의 긴 잠 속으로
저를 재워 주서요.

이젠 떠나게 해 주서요.
비록 날개를 달진 못했지만
그대의 손으로
공중의 햇발처럼
저를 뿌려 주서요, 제발.

Memory of Love

이젠 떠나게 해 주셔요.
비록 날개를 달진 못했지만
그대의 손으로
공중의 햇발처럼
저를 뿌려 주셔요, 제발.

가을 풀이

가을이 오면
푸른 눈을 뜨고
하늘의 별을 헤일 수 있다고…

내 속에 웃자란 아픔이
그의 절망보다 더 절실할지라도
하루에 한 번쯤
하늘을 볼 수 있는
몇 안 되는 사람들 중에
나도 한 사람이고 싶다.

뒤돌아서 가는 그의 등 뒤로
꺾여진 가을 풀이 날고
갈대밭에 뜨는 낮 달처럼

더 슬퍼지기 전에
다져 온 아픔을 익혀 가며
하루에 한 번쯤은 의무처럼
하늘을 보자.

2

사랑한다.
목숨을 걸어 매달리는
가을 잎새
마지막 인사를 하기 전에
이미 고개를 떨군
그를 보내기 전까지
하루를 대신해
하늘엔 이별 꽃이 수두룩 피더라도
이별하는 사람과는

이별도 아름다워야 한다.

그것이 나를 울리고
그것이 나를 흔들리게 할지라도
이별은 이별의 기능으로
냉혹함마저 보이기 전에
보낼 사람은
서둘러 보내 버려야지.

3

늦가을 나무에서
늦가을 바다에서
우뚝 선 가을이 가고
그리운 몸짓으로
등 뒤를 밟아 오던 그도
어느새 가을을 몰고
겨울로 가고 있다.

언제쯤에야

흩어진 얼굴들 중에
한 사람이었다며
가을 책갈피에
어둡게 그를 가두고
투명한 가을 빛살에
맑은 얼굴 내밀고
까맣게 기억을 태울 수 있을까?

4

고개를 너무 들어
가슴이 아픈 거라면
고개를 접는 연습을 무수히 해야 한다.

비록,
지워야 할 그일지라도
스스로 등불을 켜 두고
가장 진한 초록에
가슴을 열 수 있다면
온전한 아픔을 굳혀 가며

새벽은 오리라.

그때까지
칼날을 씹는 마음으로
내 속에 자라는
그리움을 자르기 위해
수 없이
빈 술잔과 마주하게 되더라도
불투명한 물음표는
던지지 말아야지.

5

인연이 닿지 못한
그일지라도
하루를 살더라도
그에게 어떤 의미이고 싶다.

하늘 반쯤의 햇빛으로도
늘 고마워하던 사람,

끝까지 껴안아야 할 사람과
눈이 붓는 줄도 모른 채
늦도록 이야기를 나누어
조금 더 깊어질 수만 있다면
별이 쏟아지는 그곳까지
물색 하늘로 날려 가도
좋지 않은가.

가서는 두고두고
지워지지 않을
꽃자리로 남아
단 한 사람만의 운명이 되어 살리라.

6

살다 보면 그에게
가슴을 열 날이 오겠지.
그때까지는 가장 젊은 가슴으로
하늘을 우러러야지.

오늘도 바람이 진다.

떠돌이별보다
침착한 별이
늘 새롭다.

살다 보면 그에게
가슴을 열 날이 오겠지.
그때까지는 가장 젊은 가슴으로
하늘을 우러러야지.

가을 사과 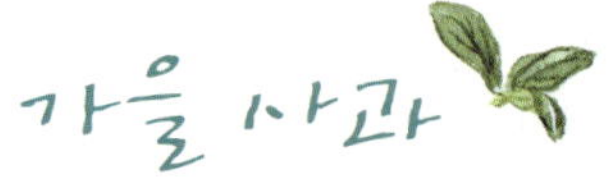

가을빛이
하나하나
혼으로 박아 넣은
진홍색 아픔.

모진 그리움
오히려 병 될까
밀어낼수록
스스로 친해지자
손을 내밀어 주는
그대.

혼자 다 차지한
미안함에
다시 밀어내고

다시 퍼낼수록
같은 언어로
날을 잔뜩 세우고
덤벼드는
다감한 음성의
엄마 같은 가을빛.

나는
그대의 고마운 빛살
다 먹고 태어난
가을 사과.

겨울

무작정 만나고 싶다.
첫눈이 소담스럽게
내리는 날에
나를 위해
오후를 비워두고
조용히 기다려 줄
사람을 만나고 싶다.

약속은 하지 않았어도
내가 잘 가는 카페에서
갈색 음악을
조용히 마음에 새기며
커피잔이
식어 가도록 기다려줄
그런 사람을 만나고 싶다.

그대의 편지 

1

그냥 보내 놓고
후회한다던
그대의 편지는
눈물의 언어만큼
잘게 이어지는
설렘이네.

그대 병 될까
다시 가마
답장 못 쓴 바보는
아픔은
한 번의 아픔으로
끝내리라 다짐 후
눈물을 먹었네.

2

숫눈발 속
더 못 참고 달려오던
상기된 얼굴
그대 울고 있었네.

그대 오마던 편지 받고도
그대 아픔 될까
마중 못 간 바보는

오는 그대
반가이 일어서
손 흔들지 못하고
마음만 일어서
웃고 있었네.

조용한 해후

무작정 만나고 싶다.
첫눈이 소담스럽게 내리는 날에
나를 위해 오후를 비워두고
조용히 기다려줄 사람을 만나고 싶다.

약속은 하지 않았어도
내가 잘 가는 카페에서
갈색 음악을 조용히 마음에 새기며
커피잔이 식어 가도록 기다려줄
그런 사람을 만나고 싶다.

추운 겨울,
오랜 시간 같이 걸어도
시린 어깨를 거뜬히 참아 낼 수 있게 하며
나를 위해 내가 좋아하는 노래를 불러줄

웃음이 고운 그런 사람을 만나고 싶다.

낯익은 포장마차 불빛 속에서
쓴 소주 한 병을 시켜놓고
내가 두 잔 마실 때,
내 건강을 위해서라는 핑계로
한 잔 정도 대신 마셔줄 그런 사람을 만나고 싶다.

술 한 잔에도
얼굴이 붉어져 횡설수설 말이 많아도
조용히 내 얘기를 들어주는 가슴이 넓은 사람
포용력 있는 사람을 만나고 싶다.

내가 좋아하는 병아리색 옷을 입고
한 아름의 안개꽃보다 더 아름다워 보이는 미소로

내 방문을 예고도 없이 찾아와
꿈같은 행복을 주는 그런 사람을 만나고 싶다.

한 번쯤 실연에 울어 봤던 사람
그러나 눈물나는 세상을 체념으로 등지고
일찍이 불을 끄고 내 쪽으로 돌아눕는
그런 사람을 만나고 싶다.

이별의 말이 가슴 아파
선뜻 얘기치 못하고 서성일 때
다가와 마음을 바로잡아 주는 이해심 깊은 사람
작아도 따뜻한 손을 가진 사람을 만나고 싶다.

호젓한 찻집에서
찬찬히 찻잔을 기울이며
사람 사는 도시에 대해 얘기해 주는
커피를 좋아하는 넉넉한 사람, 그러나
나를 위해선 녹차를 주문하는 사람을 만나고 싶다.

아주 착하고 선한 눈빛을 가진 사람

그러나 그 눈 속에

나를 가장 소중하게 담아둔

사랑에 미친 눈빛을 가진 사람

눈매가 단정해서 아름다운 사람을 만나고 싶다.

눈이 붓는 줄도 모른 채

밤새 머리를 맞대고

늦도록 얘기를 나누어

조금 더 깊어질 수 있는 사람

별이 쏟아지는 물색 하늘까지

함께 날아갈 그런 사람을 만나고 싶다.

계절병에 취해

무작정 동경의 도시로 기차를 타고 떠나다가

내가 사는 도시 어귀쯤에서 내려

예고도 없이 전활 걸어와

보고싶다고 말하는 사람을 만나고 싶다.

이별한 옛사람의 사진을
차마 버릴 수가 없어서 간직하고 있었노라며
살며시 내 앞에 꺼내 놓는 마음이 여린 사람
그러나 나로 인해 잊는 법을 알았다며
슬프지 않게 웃어주는 그런 사람을 만나고 싶다.

독한 감기로 엎드려 있는 내게
선한 손 짚어주며
안쓰러운 눈빛으로 밤새 내 머리맡에 앉아
콜콜 같이 앓아 주며
감기쯤 쉽게 무찔러줄 수 있는 사람을 만나고 싶다.

싸구려 귤색 바가지에
썩썩 비빔밥을 비벼 나눠 먹고
서로의 입가에 묻어난 고추장을 보며
깨꽃처럼 화르르 웃어줄 수 있는 사람
웃음이 고와 마음까지 시린 사람을 만나고 싶다.

가슴에 사랑이 없는

순백의 사람과 만나
사랑에 빠져 버리고 싶다.

Memory of Love

가슴에 사랑이 없는
순백의 사람과 만나
사랑에 빠져 버리고 싶다.

아침 묵상

오늘 하루도
제가 사랑하는 사람들에게도
제가 한때
미워한 적이 있는 사람에게도
어김없이 아침을 주심에
감사드립니다.

살아있다는 것만으로도
행복으로 젖어드는 아침.

문득 어제는
제 언어의 칼날에 누군가가
밤새 죽어가진 않았는지
반성하게 하시고

오늘 하루도
늘 자성의 거울 앞에
나를 비추시어
손끝, 발끝 하나까지
그를 위해 쓰일 수 있도록
세세히 돌보아 주소서.

분명히 아름다우나,
제가 하기 싫어하던 일이나
제가 꺼려지던 일에도
정성을 기울이게 하시고

제 몸을 이룬
십조 개의 세포 가운데
단 하나라도 거역 없이

모두 깨어 있게 하시어
고스란히
그를 사랑하는 일에
쓰이게 하소서.

오늘 하루도
제가 사랑하는 사람들에게도
제가 한때
미워한 적이 있는 사람에게도
어김없이 아침을 주심에
감사드립니다.

가슴의 시

남을 사랑할 줄 알고부터
제 가슴에
그물을 튼튼하게 쳐 두었으니
남을 용서하지 않는
비난의 고기와
사랑이 없는
무관심의 고기와
제 스스로만 안으로 가두는
이기심의 고기는
저절로 도망가게 하시고
용서라는 이름의 고기와
이해라는 이름의 고기와
희생이라는 이름의 고기만
찬란한 비늘을 달고
촘촘히 제 가슴에 걸려지게 하소서.

하루에도
수 없이 문을 닫아야 했던
나약한 마음이었으나,
이제부터는
아무에게나 열어두게 하시고
하루에도
편견과 독선이
수없이 득실거리던 마음이었으나,
그런 것들을 해독할 약을 주시어
진정으로
남을 사랑하는 일 앞에
흠 없게 하여 주소서.

살아 있으나 산 것을 모르고
숨 쉬고 있으나 그저 허식적이었던

지나온 삶에 대적할 만한
커다란 용기를 주시어
더 이상
교만의 넝쿨에서 허덕이지 말게 하시고
제 안에 남아 있는
티끌만 한 연약함도 돌보시어
남에게
제가 있어야 될 자리,
없어도 될 자리를 분간할 수 있는
투명한 시력을 주소서.

하루에도
편견과 독선이
수없이 득실거리던
마음이었으나, 그런 것들을
해독할 약을 주시어
진정으로 남을 사랑하는 일 앞에
흠 없게 하여 주소서.

실연 

허허하면
할수록
가슴 안
슬픔이 돋네.

그리도 오래
그립다 했거늘
그리도 오래
가고 싶다 했거늘

귀 열려
들을 수 있고
눈 열려
다 볼 수 있어
그 또한 커다란

고통의 부피.

아침이면
언제나
천벌로 다가오네.

진실로 사랑한다는 것은

진실로 사랑한다는 것은
비 오는 날 버스에서 내리는
그에게로 다가가
우산을 씌워 주는 따뜻함입니다.

진실로 사랑한다는 것은
그를 위해 기도하러 간 새벽 성당에서
나를 위해 기도하러 오신 그의 손등 위에
내 손을 같이 모으는 것입니다.

진실로 사랑한다는 것은
사람들 앞에서도 부끄러워하지 않고
그의 옷자락에 묻은 먼지, 보푸라기까지
내 손으로 거둬 주는 일입니다.

진실로 사랑한다는 것은
그의 깊은 눈을 바라보다
그 깊음에 빠져 죽어도 상관없을
간절함입니다.

진실로 사랑한다는 것은
무엇을 사든 그를 위해
더도 말고 꼭 하나를
더 준비하는 것입니다.

이별이라는 것은
과거 언제쯤에
당신과 첫키스를 했던가를
기억하는 것입니다.

이별이라는 것은
그리움이라는 것과
눈물, 외로움 같은 단어들과
혼자 싸워야 하는 것입니다.

이별이라는 것은
외출에서 돌아와
불도 켜지 않은 방에 앉아
혼자 우는 것입니다.

이별이라는 것은
더는 올 리 없는 전화를 기다리고
어쩌다 울리는 전화벨 소리에
가슴을 털퍼덕, 놓아 버리는 일입니다.

이별이라는 것은
세상에서 제일 소중하던 사람을
잃어버리고
혼자 살아야 한다는… 것입니다.

이별이라는 것은
그리움이라는 것과
눈물, 외로움 같은 단어들과
혼자 싸워야 하는 것입니다.

사랑했었다는 것은

사랑했었다는 것은
우리가 만났던 어제
당신의 손을 잡고 걷기를 좋아했던 기억을
안고 사는 것입니다.

사랑했었다는 것은
우리가 만났던 어제
당신에게서 받은 장미화가
마른 꽃 되어 걸린 것만 보는 일입니다.

사랑했었다는 것은
우리가 만났던 어제
당신의 어깨에 기대어 마시던 술이
독주였음을 기억하는 것입니다.

사랑했었다는 것은
당신으로부터 돌아온 어제부터
혼자 그 많은 그리움과 보고픔을
가혹하게 견디어 냈다는 것입니다.

사랑했었다는 것은
오늘 혼자서
어제 만났던 당신을
죽어지는 그날까지 그리워하는 일입니다.

못 견딜 슬픔이라는 것은

못 견딜 슬픔이란 것은
친구를 만나 밥을 먹거나
거리를 걷다가도 울컥,
집으로 곧장 돌아와 울게 만드는 일입니다.

못 견딜 슬픔이란 것은
친구와 카페에서 덤덤하게 당신을 얘기하고
나중에 집으로 돌아와서야
목젖까지 찬 울음을 토해내는 일입니다.

못 견딜 슬픔이란 것은
당신 닮은 모양새를 한 사람만 봐도
화들짝 가까운 지하 카페로 들어가
치받침이 끝날 때까지 기다려야 하는 일입니다.

못 견딜 슬픔이란 것은
누군가 쓰다만 동전이 남아 있는
공중전화부스 안으로 습관처럼 들어갔다가
그냥 돌아서 나와야 하는 일입니다.

못 견딜 슬픔이란 것은
보고싶고 그리운 사람을
참다가 참다가 이기지 못해
털퍼덕 아무 곳에나 주저앉게 하는 것입니다.

Memery of Love

못 견딜 슬픔이란 것은
보고싶고 그리운 사람을
참다가 참다가 이기지 못해
털퍼덕 아무 곳에나
주저앉게 하는 것입니다.

1

천지에 가득 한 눈雪
다 깨어지는 날
봄의 문지기 되어
제일 먼저 맞는
겨울 손님 같은 사람아.

2

못하는 죄
해서는 안 되는 죄
어느 것에든
목숨을 던져야 하는
죄인들의 나라.

3

널 위해
기도할 두 손이 있어
행복할 수 있었네.
살아가는 분노
다 잊게 해 주는 너를
더 사랑 해주지 못한 병에
질식되면서도 뛰던
심장의 맥박.

4

살아오는 동안
내내 소유해 온 것들
하나 감추지 못하고
다 내주어야 하는 숙명,

열망의 불씨를
탓하지 못하는 혼.

5

밤하늘은
별을 부르고
멀리 있는 비를 부르고
…
사랑은 그럴 수 없어
밤새도록 울고만 있네.

6

물 흐르듯
흐르는 사랑
막으면
돌아서라도
흐르고야 마는
천명天命.

7

너,
나 없는 조건
많은 날
갈림 없이
무조건 주어야 하고
놓칠 수 없는
목숨과도 같은 그런.

8

오늘을 잃고
돌아오고 말았다.
내일이면
다시 못 찾을 오늘을
고스란히
너에게 잃고
돌아왔다.

9

그대라는
남의 땅에
내 집 하나 세우기가
말썽도 없이
쉬운 일이라면
모든 세상 사람들의
그대라는 제목의
시詩는 없으리.

10

그대가
가을 바다가 되어
가을에 내게 왔을 때
나는
그대 물결의 흔들림에
온통 젖고 말았네.

11

여름날에도
가슴에 피는 눈꽃.
어느 누구의 입김도
소용없고
그대만이
녹일 수 있는
눈꽃.

12

'나' 라는
이기의 병病
다 치료되었네.
'그대' 라는
다른 병에
앓게 된 후.

13

마음이 커서

처음 앓는 병
회복되지 않는
먼 먼 투병에
또 하나
소롯이 살아오는
불면의 밤은
어이할거나.

14

기다림은
늘 내 몫이었고
찬란한 눈부심은
늘
'너' 라는 이름이었지.
어떤 날은
조금은 너도
날 그리워할 지도 모른다는.

여름날에도
가슴에 피는 눈꽃.
어느 누구의 입김도
소용없고 그대만이
녹일 수 있는 눈꽃.

치자꽃 진 자리

치자꽃 다 지고 난 망울을 보고 있습니다.
지난 계절은 참 향기로웠습니다.
치자꽃이 지고 난 자리에서 새순이 돋는 것을 우두커니 보고 있자니 문득 당신 생각이 간절합니다.
진녹색의 원래의 잎과는 확연히 다르게 보들보들하게 싹을 틔워 내는 치자나무 새순이 무척이나 올망졸망하니 귀여웁습니다.
언제든가 제 집을 방문하면서 치자나무를 사들고 온 사람의 마음씨만큼이나 지난 치자꽃의 향기는 고왔습니다.
저도 이처럼 당신에게 늘 향기나는 사람이었으면 참 좋겠습니다.

✏ 나무들을 보면

나무들을 보면 참 기억력이 좋다 싶어집니다.
작년에 틔운 잎새를 기억하고 있다가 올해도 똑같은 잎새를
틔워 내더니 작년 가을의 색깔도 잊어버리지 않고 고스란히
색칠해 내 놓다니요.
저도 한결같은 그런 나무들을 따르고 싶습니다.
제가 당신을 섬기는 마음도 이처럼 한결같이 변하지 않으면
얼마나 좋을까요?
세상을 덧칠하는 이기의 마음과, 세상을 물들이는 검은 세
력을 다 벗어내고 나무들같이 내내 당신을 섬기는데 해가
바뀌어도 불평 안 하고 똑같은 모습으로 향할 수 있기를 소
원합니다.

3 가을 우체국 앞에서

저는 지금 우체국 앞에 서 있습니다.
우체국 창문을 통해 보면 누군가 그리운 가슴으로 발을 동
동 구르며 사랑하는 사람에게로 편지를 부칩니다.
편지를 받을 그 누군가가 문득 샘이 납니다.
나도 누군가에게 편지를 받으며 살 수 있다면 그 얼마나 좋
을까요?
가을 우체국 앞을 지나다가 빨간 우체통에 그만 발목을 덜
컥 잡히고 말았지만 언젠가는 나도 그리운 사람에게로 편지
를 쓰고, 설레며 답장을 기다릴 수 있으리라 믿습니다.
저는 지금 우체국 앞에서 꿈 하나 만들고 있습니다.

4 산에 오르면

가을 산에 오르면 자북하게 산허리에 누워 있던 계절이 수
줍어하며 나를 반겨 줍니다.
나의 가시투성이인 가슴을 언제나 순하게 보듬어 주는 산.

숲을 지나다가 어린아이의 손등만 한 잎 하나 따서 가슴에
품어 보면 산은 내 안의 슬픈 일, 남을 용서하지 못한 일, 더
사랑하지 못한 죄까지 다 두고 가라 합니다.
언제나 찾아가도 나를 반겨 주는 산.
세상일에 지쳐 투정하며 찾아가도 나를 반겨 주는 산은 언
제나 넉넉하게 웃어 줍니다.

5 사랑병

저는 지금 아름다운 병에 걸려 있습니다.
책상 서랍을 정리하다가 오래전 친한 친구에게서 온 빛바랜
편지를 꺼내 읽어도 좀처럼 낫지 않는 불치병.
슬픈 일이 있어야 더 깊어진다던 당신의 말씀을 굳이 따르
지 않아도 충분하게 우울한 나.
저는 지금 참 아름다운 병에 걸려 있습니다.

6 몰래 오신 손님 같은

자고 일어나 보니, 창밖엔 어느 밤의 중간쯤에서부터 시작되
었는지도 모르게 참으로 살가운 가을비가 내리고 있습니다.
너 참 오랜만이다… 라고 혼자 중얼거리고 보니 비가 마치 사
람 같아 보입니다. 정말이지 친한 친구를 만나는 듯한 기분으
로 손을 내밀면 금방이라도 악수를 해줄 것만 같습니다.
가을비가 오는 날엔 아무도 슬퍼지는 일 없이 행복하였으면
좋겠습니다.

7 가을꽃을 사며

당신을 만나고 오던 길에 참 잘생긴 가을꽃 한 묶음 사 왔습
니다.
가을꽃의 잘 지치지 않는 마음을 사랑합니다.
나도 그처럼 세상일에 잘 지치지 않으며 살고 싶습니다.
수수하여 싫증 나지도 않고, 오래 두고 보아도 돌아서면 또
보고 싶은 가을꽃.

나도 당신 앞에서 잘 차려입지 않아도 수수하여 싫증 안 나
고 오래오래 당신 한 분에게 그리운 사람으로 남는 꽃이 되
기를 소원합니다.

8 음악을 듣다 보면

조지 윈스턴의 피아노시모에 귀가 허물어진 것은 비단 어제
오늘이 아니면서도, 참으로 오랜만에 들어보는 연주곡에 가
슴이 뭉클해 집니다.
세상에 저리도 아름다운 소리가 있을까….
괜히 나도 목소리를 아흠거려가며 노래를 불러 보지만, 제
목소리에서는 걸걸함만 걸러져 나옵니다.
내 목소리도 저처럼 아름다울 수 있어서 아무에게나 기쁨을
줄 수 있었으면 얼마나 좋을까요?
조지 윈스턴의 피아노시모에 귀가 허물어진 가을날.
사는 일을 몹시도 좋아하던 동무가 문득 보고 싶습니다.

9 커피를 마시며

커피 한 잔을 걸러 내어 가을빛이 쳐들어오는 창가로 가 앉
아 우두커니 해바라기가 되어 봅니다.
고마운 가을빛은 참 맑은 얼굴로 웃고 있습니다.
아무 일이 없는데도 괜히 우울해 지는 가을.
내 집 앞을 지나가는 아무라도 초대하여 세상 사는 이야기
라도 나누어 보면 이 우울이 사라져 줄까요?
한참을 식어 가는 줄 모르고 찻잔만 든 채로 해바라기가 되
어 있어도 고마운 바람만 찾아왔다 이내 시무룩한 제 속내
를 알아차렸는지 금세 돌아갑니다.
혼자 있는 가을 낮, 입술 거스러미를 뜯어내다가 결국… 피
를 보고서야 나를 황홀한 빛살에서 풀어놓는 가을은 참 짓
궂은 악동 같습니다.

10 당신의 말씀을 듣노라면

무엇이든지 밖에서 몸 안으로 들어가는 것은 사람을 더럽히

지 않고 오히려 더럽히는 것은 사람 안에서 나오는 것이라
는 당신의 말씀에 마음이 혹해졌습니다.
사심 없이 키워 왔던 제 안의 탐욕, 시기, 악의, 방황들까지
고스란히 숨겨 주시는 당신은 참 성스러운 빛.
당신 앞에 엎드려 참회의 눈물만 뚝, 뚝 흘리고 있어도 좋을
이 계절에 당신을 위해 제가 올리는 기도에서 가을꽃향기가
나게 하여 주십시오.

11 참된 언어의 열매를 따기 위해

당신께, 날마다 내가 하고 싶은 말을 다 할 수 있도록 허락
받았다고 자신만만하고만 있었던 게 아닌가 싶어 소스라치
게 놀라 제 언어의 나무를 찬찬히 둘러봅니다.
거칠지 않은 온순함과 투박하지 않은 사근함과 더없이 슬기
로움의 열매가 달려야 함에도 지나치게 경박했거나, 지나치
게 경솔했거나, 과장으로 물들어 익은 열매가 더 잘 자라지
않았나 싶은 마음에 덜컥 겁이 납니다.
이제부터라도 당신께 한마디의 말을 하더라도 더욱더 분별

있는 말만 하도록 날마다 제 언어의 나무에 겸허와 인내와
용서의 거름을 둘러 주고 묵묵히 오래 침묵하고 나서야 언
어의 열매를 따겠습니다.

12 노을 너머로 갔다 왔습니다

노을 너머로 갔다 왔습니다.
슬픈 기우에 지쳐 그 얼마나 그리었던 노을이었던지 가슴엔
온통 붉은 보호색으로 덧칠한 채 그리움을 다 허비한 빈 바구
니에 노을빛 또 다른 그리움을 얻어 감사하며 돌아왔습니다.
내일부터는 노을빛 그리움을 제 사랑의 편지에 담아 당신에
게 부쳐 드릴 수 있을 것입니다.

13 당신이라는 숲

당신은 비어 있는 허허로움과 채우지 못하는 안타까움으로
부터 내가 숨을 수 있는 단 하나의 숲.

저녁답마다 어둠을 풀어놓는 해거름의 의식에 도취하여 빠져나오지 못하는 당신이 주인인 숲.
이 저녁엔 소망하는 모든 것의 이름을 위한 기도를 올리게 될 것입니다.
당신으로 하나가 됨을 느끼게 하는 참으로 평화로운 저녁입니다.

14 당신에게 나는 언제나

당신은 언제 어느 때든 내가 꿀을 딸 수 있는 무독성의 꽃, 나는 언제나 당신의 향기에 달콤해지는 한 마리의 꿀벌입니다.
당신은 언제 어느 때든 내가 돌아가 머리를 뉘일 수 있는 포근한 꽃자리, 나는 당신의 꽃자리에 착하게 길들여지고 익숙해진 한 마리의 노랑나비입니다.
당신에게 나는 언제나 당신의 꽃자리에 들기 위해 날마다 참한 얼굴로 살아갈 수밖에 없는 운명입니다.

15 당신의 숲에 갇혀 살며

오래토록 나를 점유한 당신이라는 손님이 선물로 주고 간
이 황홀한 기쁨.
내 앞에서 뽐내지 않아도 언제나 멋진 당신.
당신은 비어 있는 허허로움과 채우지 못하는 안타까움으로
부터 내가 숨을 수 있는 단 하나의 숲입니다.
저녁답마다 어둠을 풀어놓는 해거름의 의식에 도취되어 빠
져나오지 못하는 당신이 주인인 마법의 숲.
하얀 눈발 같은 순백의 순수함으로 나를 그 숲으로 몰아치
는 당신.
오늘도 또한 당신으로 인하여 내가 살아감을 소중히 인식하
는 하루입니다.

16 당신이라는 감옥에 갇혀 살면

나를 보이지 않는 당신의 감옥에 들게 하여 주십시오.
그 누구도 들어가 본 적이 없는 나만의 감옥.

나는 그곳에서 당신을 위해 마당 한켠에 정원을 만들어 봄
꽃을 키우고, 꽃비를 내리게 하는 투명한 구름이 되어 종일
토록 당신의 하늘을 지키겠습니다.
당신의 감옥은 아무리 허술해도 가장 튼튼한 나의 울타리.
당신이라는 감옥에 갇혀 살면 더없이 행복할 나는 아직은
서투른 글쟁이.

치자꽃 다 지고 난 망울을 보고 있습니다.
지난 계절은 참 향기로웠습니다.
치자 꽃이 지고 난 자리에서 새순이 돋는
것을 우두커니 보고 있자니 문득 당신 생
각이 간절합니다.